À tous les membres de la famille,

L'apprentissage de la lecture est l'une des réalisations les plus importantes de la petite enfance. La collection *Je peux lire!* est conçue pour aider les enfants à devenir des lecteurs experts qui aiment lire. Les jeunes lecteurs apprennent à lire en se souvenant de mots utilisés fréquemment comme «le», «est» et «et», en utilisant les techniques phoniques pour décoder de nouveaux mots et en interprétant les indices des illustrations et du texte. Ces livres offrent des histoires que les enfants aiment et la structure dont ils ont besoin pour lire couramment et sans aide. Voici des suggestions pour aider votre enfant avant, pendant et après la lecture.

Avant

Examinez la couverture et les illustrations et demandez à votre enfant de prédire de quoi on parle dans le livre.

Lisez l'histoire à votre enfant.

Encouragez votre enfant à dire avec vous les mots et les formulations qui lui sont familières.

Lisez une ligne et demandez à votre enfant de la relire après vous.

Pendant

Demandez à votre enfant de penser à un mot qu'il ne reconnaît pas tout de suite. Donnez-lui des indices comme : «On va voir si on connaît les sons» et «Est-ce qu'on a déjà lu un mot comme celui-là?».

Encouragez l'enfant à utiliser ses compétences phoniques pour prononcer d'autres mots.

Lorsque l'enfant a besoin d'aide, lisez-lui le mot qui pose problème, pour qu'il n'ait pas trop de mal à lire et que l'expérience de la lecture avec les parents soit positive.

Encouragez votre enfant à lire avec expression... comme un comédien!

Après

Proposez à votre enfant de dresser une liste de mots qui l'intéressent et qu'ils préfèrent.

Encouragez votre enfant à relire ses livres. Il peut les lire à ses frères et sœurs, à ses grands-parents et même à ses toutous. Les lectures répétées donnent confiance au jeune lecteur.

Parlez des histoires que vous avez lues. Posez des questions et répondez à celles de votre enfant. Partagez vos idées au sujet des personnages et des événements les plus amusants et les plus intéressants.

J'espère que vous et votre enfant allez aimer ce livre.

Francie Alexander,
spécialiste en lecture
Groupe des publications
éducatives de Scholastic

Pour les nouveaux :
Nicholas, Adrian, Conor, Jackson,
Jesse, Oliver et Teddy
– J. P.

Données de catalogage avant publication (Canada)

Preller, James
 Hic! fait l'éléphant

(Je peux lire! Niveau 2)
Traduction de : Hiccups for Elephant.
ISBN 0-439-00499-3

I. Wilhelm, Hans, 1945-   . II. Duchesne, Lucie. III. Titre.
IV. Collections.

PZ23.P68875Hi 1999 j813'.54 C99-930850-5

4 3 2 1   Imprimé au Canada   9 / 9 0 1 2 3 4

Hic!
fait
l'éléphant

Texte de James Preller
Illustrations de Hans Wilhelm

Texte français de Lucie Duchesne

Je peux lire! — Niveau 2

Les éditions Scholastic

C'est l'heure de la sieste.
Tous les animaux sont
endormis.

Sauf l'éléphant.
Il a le hoquet.

Le chimpanzé se réveille.

— Je sais comment te guérir
de ce hoquet, dit le chimpanzé.
Mets-toi la tête en bas et
mange une banane.

L'éléphant fait un essai.

BOUM! Il est seulement
tout étourdi.

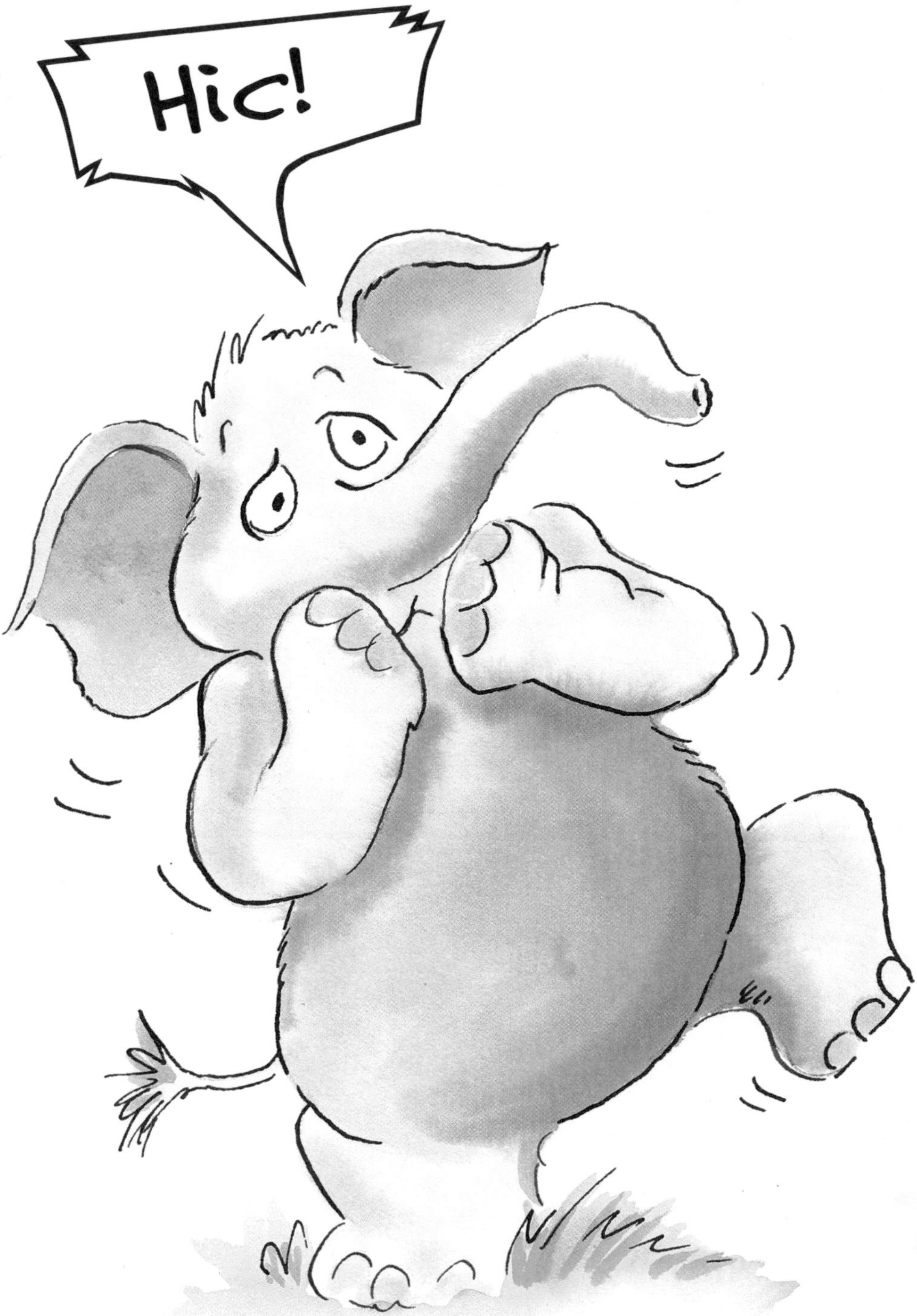
Hic!

Le lion se réveille.

— Je sais comment te guérir
de ce hoquet, dit le lion.
Bois beaucoup d'eau,
très très vite.

L'éléphant fait un essai.

Il boit, il boit, il boit toute
l'eau qu'il peut.

Le zèbre se réveille.

— Je sais comment te guérir
de ce hoquet, dit le zèbre.
Retiens ta respiration
et compte jusqu'à 10...
à l'envers.

L'éléphant fait un essai.

10, 9, 8, 7, 6, 5, 4, 3, 2, 1...

La souris se réveille.

— Mais qui fait tout ce tapage?
demande la souris. J'essaie
de dormir.

— Le pauvre éléphant
a le hoquet, explique
le chimpanzé.

La souris regarde l'éléphant
droit dans les yeux.
— BOUH! crie la souris.

Tous les animaux attendent
la suite... l'éléphant
n'a plus le hoquet.

— Ça marche tout le temps,
dit la souris.

Tous les animaux
retournent dormir.

Tous, sauf l'éléphant.